Dieses SchneiderBuch gehört

Sören M.

Geschenkt von

Tiger=
schutz=
brief

DiMiter Inkiow

Maus und Katz

Mit Bildern von Ingeborg Haun

Die Deutsche Bibliothek – CIP-Einheitsaufnahme

Inkiow, Dimiter:
Maus und Katz / Dimiter Inkiow. – München :
F. Schneider, 1992
ISBN 3-505-04770-8

Frankfurter Ring 150 · 8000 München 40

Titelbild und Illustrationen: Ingeborg Haun
Umschlaggestaltung: Heinz Kraxenberger
Lektorat: Helga Jokl
Herstellung: Gabi Lamprecht
Satz: FIBO Lichtsatz GmbH, München, 16' Garamond
Druck: A. Huber GmbH & Co. KG, München
ISBN: 3-505-04770-8

Inhalt

Und wenn ich nicht rauskomme?

Die Maus Micki hatte ein Stück Käse angeknabbert.
Die Katze Elvira war empört:
„Oooh!“ miaute sie. „Mein Frauchen wird sich denken, ich war der Übeltäter. Sie wird sicher mit mir schimpfen. Ich muß die Maus fangen.“
Und sie stürzte sich auf die Maus.
Aber Micki hatte die Katze rechtzeitig bemerkt.

Schnell huschte sie in
ihr Loch.
„Komm sofort
heraus!"
miaute Elvira
empört.
„Du hast den
Käse angeknabbert. Ich muß dich
fangen!"
Von drinnen kam die piepsige Stimme
der Maus Micki: „Und wenn ich nicht
rauskomme?"

„Du mußt rauskommen!
Du hast den Käse
angeknabbert. Darum
muß ich dich fangen!"
„Und wenn ich nicht
rauskomme?"

„Dann werde ich vor deinem Loch warten, bis du rauskommst."
„Und wenn ich nicht rauskomme?"
„Ich warte so lange,
bis du rauskommst!"
„Und wenn ich nicht rauskomme?"
„Irgendwann mußt du ja rauskommen. Und dann werde ich dich fangen."
„Und wenn ich nicht rauskomme?"

„Oooooh, miauuuu! Du willst mich ärgern. Ich befehle dir zum letztenmal freiwillig herauszukommen!“
„Und wenn ich nicht rauskomme?“
„Dann werde ich dich aus deinem Loch holen!“
Die Katze Elvira stürzte sich auf das Loch und begann wütend zu graben.

„Miau! Miau! Miau!“
Sie grub und grub und grub. Und immer wieder hörte sie die Stimme der Maus Micki: „Und wenn ich nicht rauskomme?“
„Es ist jetzt egal, ob du rauskommst oder nicht rauskommst! Ich habe dich bald ...“

„Und wenn ich nicht rauskomme?“
Jetzt war die Stimme ganz nah.
Elvira streckte ihre Pfote aus. „Jetzt habe ich dich endlich!“
In ihren Krallen hatte sie aber nicht die Maus Micki, sondern ein winzigkleines Tonbandgerät, das immer wiederholte: „Und wenn ich nicht rauskomme?“

Inzwischen hatte die Maus Micki den Käse ganz aufgefressen und war in ein anderes Loch geschlüpft.

3 4770-6

Kannst du mich fangen?

„Möchtest du mich fangen?“ piepste die Maus Micki plötzlich vor der Nase der Katze Elvira.
„Jaaa!“ miaute Elvira. Und stürzte sich auf die Maus Micki.
Aber die Maus war schneller. Sie flitzte wie eine Rakete durch das Zimmer.
„Ho-ho-hu-hi! Du kannst mich nicht fangen. Du kannst mich nicht fangen.“

„Das werden wir sehen, miaauuu ...“, miaute Elvira und machte einen Riesensprung. Sie verfehlte die Maus Micki wieder und fiel auf die Nase.
„Aua-miau-aua!“
Das tat ihr weh.
„Du darfst nicht so große Sprünge machen, pieps-pieps. Arme Katze. Soll ich dich trösten?“
„Du brauchst mich nicht zu trösten.

Miau! Ich werde dich bald fangen."

„Kannst du nicht. Kannst du nicht!"

„Kann ich doch! Kann ich doch! Miauuuu!"

Elvira machte einen neuen Sprung. „Was habe ich gesagt. Jetzt hab ich dich erwischt ... Miau!"

Endlich hatte sie die Maus Micki.
„Pieps! Das war ein guter Sprung!"
meinte die Maus. „Bitte, laß mich jetzt
aber los ..."

Elvira ließ die Maus
los und miaute:
„Jetzt jagst du. Ich
wette, daß du mich
nicht fangen kannst!"

Ein Hund, der das alles beobachtet hatte, fragte verwundert:
„Sag mal, Katze, warum frißt du die blöde Maus nicht?“
„Bist du denn verrückt?“ miaute Elvira. „Und mit wem soll ich danach Fangen und Verstecken spielen?“

Die Maus, die bellen lernte

Zwei Mäuse fanden einmal zwei Goldstücke.
Sie hüpften zweimal hoch vor Freude.
„Jetzt sind wir zwei reiche Mäuse!
Was machen wir mit soviel Geld?"
„Ich weiß es! Ich weiß es!" rief die eine Maus. „Ich habe gehört, daß der königliche bengalische Tiger der König aller Katzen der Welt ist. Ich werde ihm das Goldstück bringen und ihn

um einen Brief bitten, der erklärt, daß ich unter seinem königlichen Schutz stehe. Mit so einem Brief in der Tasche wird sich keine Katze der Welt trauen, mir etwas zu tun. Und was machst du mit deinem Goldstück?"
„Ich habe einmal an einem Buch

4 4770-6

geknabbert. An einem sehr alten Buch. Es hat mir gut geschmeckt. Darin habe ich einen Satz gelesen: ‚Wissen ist Stärke'. Darum gehe ich jetzt mit meinem Goldstück zu einem Lehrer.

Er soll mir sagen, was ich lernen muß.
Ich will stark werden und vor Katzen keine Angst mehr haben."
„Gute Idee!" piepste die erste Maus.
„Aber meine ist besser!"
Jede nahm ihr Goldstück zwischen die Zähne und huschte davon.
Die eine, um den königlichen bengalischen Tiger zu suchen.
Die andere zu einem Lehrer.
„Nach einem Jahr treffen wir uns hier wieder!" riefen sie einander zu. „Dann erzählen wir uns, wie es uns ergangen ist."

So haben sie es auch gemacht.
Nach einem Jahr trafen sie sich wieder.
„Grüß dich, alte Freundin!"
„Schön, dich wiederzusehen, liebe Maus."
„Wie geht es dir?"
„Oh, mir geht es prächtig. Ich habe einen Brief vom königlichen bengalischen Tiger in der Tasche, der erklärt, daß ich unter seinem persönlichen Schutz stehe. Den Brief habe ich bis jetzt nicht benutzt, aber es ist ein beruhigendes Gefühl, so einen Brief in der Tasche zu haben. Und was hast du gemacht?
Hast du einen Lehrer gefunden?
Was hast du von ihm gelernt?"
„Ja, ich habe einen Lehrer gefunden.

Ich habe ihm mein Goldstück gegeben, und er hat mir das Bellen beigebracht."
„Du kannst jetzt bellen? Hi-hi-hi!"
Die erste Maus lachte sich kaputt.
„Du bist eine bellende Maus geworden? Und für so was hast du dein schönes

Goldstück ausgegeben? Ich habe immer gedacht, du bist ein bißchen klüger, weil du so gern alte Bücher frißt ... hi-hi-hi!“

Sie lachte so laut, daß die Katze Elvira sie hörte.

Bald war die Katze da.

Mit einem Sprung hatte sie die beiden Mäuse erwischt. Die erste mit der rechten, die zweite mit der linken Pfote.

„Miau! Das ist ein guter Fang.

Jetzt werde ich eine wunderschöne Mahlzeit haben.“

„Du freust dich viel zu früh!“ piepste die erste Maus und holte ihren Brief heraus. „Schau mal hier! Das ist ein Brief vom königlichen bengalischen Tiger. Du darfst mich nicht fressen.

Ich stehe unter seinem persönlichen Schutz. Verstanden?“

„Miauuu! Das glaube ich nicht!“

„Du brauchst es nicht zu glauben. Du sollst nur lesen!“

„Ich kann aber nicht lesen. Darum werde ich dich jetzt fressen!“

„Du wirst niemanden fressen!“ piepste

jetzt die zweite Maus und begann fürchterlich zu bellen.
„Wau-wau-wau!“ Wie ein großer Schäferhund.
Die Katze Elvira ließ in ihrem Schreck beide Mäuse fallen. Sie jagte davon und kletterte auf den nächsten Baum. So hoch, daß sie nicht wieder herunterkam. Die Feuerwehr mußte sie herunterholen.

Und die beiden Mäuse?
Sie lachten sich schief.
„Siehst du nun“, sagte die zweite Maus,
„daß Wissen Stärke ist?“

Warum die Katzen eine Wut auf die Mäuse haben

Fünf Katzen hatten ein ganzes Jahr gespart. Dann kauften sie sich einen ganzen Laib Emmentaler Käse. Sie rollten ihn in ihren Keller und sagten zueinander: „Den heben wir uns für Weihnachten auf. Bis dahin ist der Käse ganz reif. Aber wir müssen gut aufpassen. Wir wissen ja, wie gern Mäuse Käse fressen.“

Sie überlegten kurz und beschlossen:
Eine wird immer Wache neben dem Käse halten.
Die Maus Micki hatte den Käse natürlich bald gerochen.

„Hier riecht es nach wunderbarem Emmentaler ... hmm ...", piepste sie.
Sie hob ihre Nase und ging dem Geruch nach.
So kam sie in den Keller. Sie sah den

wunderbaren Emmentaler und eine Katze, die auf dem Käse lag.
Die Maus Micki kriegte einen Riesenschreck und rannte ins nächste Loch.
„Ich warne dich ...“, fauchte die Katze.
„Versuche nicht, diesen Käse zu klauen.
Was suchst du überhaupt hier?“
„Ich suche gar nichts. Ich kam ganz zufällig vorbei.“

„Mit so hoch erhobener Nase? Warum war deine Nase so hoch erhoben?“
„Weil ich Schnupfen habe.“
„Du lügst! Du warst sicher hinter dem Käse her!“
„Stimmt nicht! Ich kann gar nicht riechen, weil ich seit einer Woche Schnupfen habe.“
„Du lügst, daß sich die Balken biegen. Aber ich warne dich. Dieser Käse gehört mir und noch vier anderen

Katzen. Und wir bewachen ihn ununterbrochen. Du mußt einen großen Bogen um diesen Keller machen, wenn dir dein Leben lieb ist. Sonst bist du eine tote Maus. Verstanden?"

„Verstanden", piepste die Maus. „Ich werde diesen Käse niemals klauen. Leider ... das heißt, ich verspreche es dir."

Es ist leichter, ein Versprechen zu geben, als es zu halten.

So war es auch diesmal.

Ich werde sicher vor Sehnsucht nach diesem Käse sterben ..., dachte die Maus Micki bald. Oh, wie schön er roch. Ich muß in den Keller!

Sie überlegte und überlegte, wie sie wohl

an den Käse kommen könnte.
Da hatte sie plötzlich eine Idee. Sie ging zu einem Maulwurf, warf sich an seinen Hals und rief laut: „Onkel, Onkel!"
„Sind wir beide Verwandte?" fragte der Maulwurf erstaunt.
„Aber natürlich. Weißt du das nicht?"
„Ich bin so beschäftigt unter der Erde, daß ich nie darüber nachgedacht habe, wer meine Verwandten sind."

„Doch. Wir sind Verwandte“, erklärte ihm die Maus Micki. „Und weißt du, was die erste Verwandtenpflicht ist? Sich gegenseitig zu helfen.“
„Gut!“ nickte der Maulwurf.
„Ich brauche aber deine Hilfe nicht. Brauchst du meine?“
„Ja. Und das dringend!“
„Was kann ich für dich tun?“
„Einen Gang unter die Erde graben. Zu einem Keller.“
„Das tue ich gern“, nickte der Maulwurf.
Und er begann sofort zu graben.
So kamen sie in den Keller.
Genau unter den Käselaib.
Die Katze, die diesmal den Käse bewachte, schlief auf dem Käselaib.

Sie dachte, so könnte sie ihn am sichersten schützen. Sie schnurrte leise: mrrr ... mrrr ... Sie konnte gar nicht ahnen, was unter ihr passierte.

Von unten begann die Maus Micki ganz mäuschenstill an dem Käse zu knabbern. Ein Biß ... noch ein Biß ... noch ein Biß. Sie fraß. Und fraß. Und fraß. Und fraß ...

So fraß sie glücklich wochenlang. Sie machte in den Emmentaler immer größere und größere Löcher. Als die fünf Katzen zu Weihnachten ihren gutbewachten Emmentaler fressen wollten, fanden sie nur noch einen ausgehöhlten Käselaib vor.

Mensch, das hat sie aber wütend gemacht!
„Und wir haben uns so viel Mühe gegeben, unseren Käse vor Mäusen zu schützen ... Oh! Miauuu! Das werden uns jetzt alle Mäuse büßen!“

Seit dieser Zeit haben alle Katzen eine Riesenwut auf die Mäuse.

HABE ICH		WÜNSCHE ICH MIR
	Peter und die Menschenzähnefresser (Großdruck) Diese lustige Geschichte zeigt den Kindern, was passiert, wenn man die Zähne nicht putzt.	
	Das sprechende Auto (Großdruck) Herr Kluge hat eine tolle, aber gefährliche Erfindung gemacht …	
	Der Widder mit dem goldenen Fell (Großdruck) Die beiden Königskinder Helle und Phrixos waren unglücklich über ihre böse Stiefmutter. Da kam der Widder …	
	Der Igel im Spiegel (Großdruck) Ein junger Igel findet einen Spiegel. Was macht er, als er darin einen Artgenossen entdeckt?	
	Der grunzende König (Großdruck) Ein König, der im Schlaf grunzt? Eine Ameise, die einen Löwen bekämpft? Gibt es denn so etwas?	
	Meine Schwester Klara · Serie (Band 1—18) (Großdruck) **Meine Schwester Klara · Serie (Band 1—8)** (Schreibschrift in gekürzter Form)	
	Die Katze läßt das Mausen nicht und andere Fabeln des Äsop Vierzig Neuerzählungen der witzigen und lehrreichen Geschichten des Äsop.	
	Herkules, der stärkste Mann der Welt und andere griechische Sagen Zwölf phantasievolle Neuerzählungen griechischer Sagen.	